AF454772

Étude de Mᵉ G. COULON, commissaire-priseur

56, FAUBOURG-MONTMARTRE, 56

VENTE

DU

Lundi 23 Mai 1892

TAPISSERIES LOUIS XVI

TABLEAUX ANCIENS

ET

MODERNES

BRONZES — MEUBLES

HOTEL DROUOT, SALLE Nº 4

Le Lundi 23 Mai 1892

à deux heures

COMMISSAIRE-PRISEUR	EXPERT
Mᵉ G. COULON	**M. VANNES**
56, Faubourg-Montmartre, 56	54, Faubourg-Montmartre, 54

EXPOSITION PUBLIQUE

Le Dimanche 22 Mai 1892, de 2 heures à 5 heures 1/2

CONDITIONS DE LA VENTE

La vente sera faite expressément au comptant.

Les Acquéreurs paieront, en sus des adjudications, CINQ POUR CENT.

L'Exposition mettant le public à même de se rendre compte de l'état des objets, il ne sera admis aucune réclamation une fois l'adjudication prononcée.

Paris. — Imp. de l'Art, E. MENARD et Cⁱᵉ, 41, rue de la Victoire.

DÉSIGNATION SOMMAIRE

TAPISSERIES LOUIS XVI
à petits personnages

1 — L'Escarpolette. Dans une forêt, deux jeunes seigneurs tirent une escarpolette improvisée sur laquelle est assise une jeune femme, au premier plan, à droite, une paysanne assise tenant un panier regarde étonnée le jeu des trois jeunes gens, pendant que sa petite fillette semble exciter deux jeunes chiens: la bordure, de ton bois, est faite de fûts enguirlandés et séparés par des écoinçons d'angle. — Haut., 3 m. 5 cent.: larg., 2 m. 35 cent.

2 — Dans un paysage qui rappelle celui du

petit Trianon, une jeune femme, assise près d'une cuve pleine de lait, en offre à un jeune enfant tenu dans les bras de sa mère; un jeune seigneur semble surveiller des vaches broutant des feuilles.

Même bordure que la précédente. — Haut., 3 m. 5 cent.; larg., 2 m. 35 cent.

3 — Assise à l'ombre de grands arbres, une jeune femme prend dans le tablier de son jardinier des fleurs que celui-ci vient de cueillir; au fond, vue de château et de montagnes.

Même bordure que les précédentes. — Haut., 3 m. 5 cent.; larg., 1 m. 85 cent.

4 — Dans un parc, deux jeunes seigneurs se livrent l'un au jeu du saut de corde, l'autre au jeu de l'arc. — Haut., 3 m. 5 cent.; larg., 1 m. 90 cent.

5 — Petit panneau : la Main chaude. — Haut., 1 m. 60 cent.; larg., 1 m. 30 cent.

6 — Autre petit panneau : Personnages dans un parc, scène pastorale. — Haut., 1 m. 60 cent.; larg., 1 m. 30 cent.

7 — Panneau formant portière : Bergère conduisant son mouton. Encadrement de bordures. — Haut., 2 m. 80 cent.; larg., 1 m. 5 cent.

8 — Autre panneau pendant du précédent : Enfant enlevant un cerf-volant. — Haut., 2 m. 90 cent.; larg., 1 m. 5 cent.

9 — Panneau verdure, d'après Oudry : Chien en arrêt.

10 — Panneau verdure.

TABLEAUX ANCIENS ET MODERNES

11 — VAN OS G. F. et ABELS J. F. Chien de chasse, au milieu d'une clairière. A droite et sous les arbres, deux chasseurs se reposent. Au fond, en arrière, se voient

des collines et des monts boisés, se déta-
chant sur un ciel blond et ensoleillé.

12 — Bertrand et Raton.

13 — NOEL : Fleurs.

14 — Chatte et sa nichée.

15 — ÉCOLE FRANÇAISE.

16 — ORTMANS (A.). Coin de la forêt de Fon-
tainebleau.

17 — GÉLIBERT (JULES). Chien ramenant un
faisan.

18 — GÉLIBERT (JULES). Groupe de chiens
bassets et griffons au milieu d'une clairière.

19 — GÉLIBERT (JULES). Renard emportant
un lièvre. Aquarelle

20 — BLASSET. La Partie de pêche.

21 — PETIT GÉRARD. La Sentinelle.

22 — Petit Gérard. Chasseur en vedette.

23 — Pasini. Scène d'Orient.

24 — Gallard-Lepinay. Marine.

25 — Duval Le Camus. Italienne et son enfant offrant leurs œufs à un capucin.

26 — Deux gravures : Campagne de Rome.

27 — Seertz Julien. Jeune Mère levant son enfant.

28 — Chatte faisant la toilette de sa nichée.

29 — Pastel. Prunes et abricots.

30 — Sainte Famille. Dessin à la sanguine.

31 — Viardot (Léon). Cerf poursuivant un renard. Dessin.

32 — Jeune Mère jouant aux jonchets avec sa fillette.

33 — École française du XVIIe siècle. Portrait de jeune femme de trois quarts,

cueillant des fleurs d'oranger. Cadre Louis XIV en bois sculpté.

34 — ÉCOLE FRANÇAISE du XVIIIe siècle. Pluton et Proserpine sur un char traîné par des chevaux marins; autour, des tritons et des naïades soufflent dans des conques marines et se jouent dans des flots.

35 — Pendant du précédent : Scène mythologique.

36 — Portrait de jeune femme. A droite, un nègre porte une corbeille de fleurs.

37 — Autre portrait : Jeune Femme de face, et tenant une perle.

38 — Autre portrait : Jeune Femme et son griffon.

39 — ÉCOLE FLAMANDE. XVIIIe siècle. Jeunes Amours jouant dans les fleurs.

40 — Deux grisailles, École française du
XVIIIe siècle. Jeunes Amours grimpant à
un arbre ; dans l'autre, ils chantent et
mangent des raisins.

41 — ÉCOLE FRANÇAISE. Jeune Femme lisant
une lettre, en costume Louis XVI, éten-
due sur l'herbe, au milieu d'un parc.

42 — ÉCOLE DE CALAME. Grand paysage ;
au premier plan, des paysans bêchent la
terre, d'autres font la moisson. A gauche,
d'autres rentrent des ustensiles de mé-
nage dans une caverne. Au fond, un
fleuve contourne des îles et des montagnes.

43 — ÉCOLE DE MIGNARD. Portrait de Mlle de
Lavallière. Cadre en bois doré.

44 — ÉCOLE HOLLANDAISE. Portrait de femme
debout, de face, le col orné d'une
guimpe de broderie.

45 — ÉCOLE DE VOUET (SIMON). Ange per-
sonnifiant l'astronomie.

46 — ÉCOLE FRANÇAISE du XVIIIᵉ siècle. Portrait de jeune femme, de face, vêtue d'une robe bleue. Cadre Louis XIV en bois sculpté.

47 — Cinq aquarelles : Vues d'Italie.

48 — Le Colin-Maillard. Jeunes amours. Sculpture italienne sur bois et en ronde bosse.

49 — Statue allégorique d'une ville de France. Bas-relief. Terre cuite de Fratin.

50 — Tête de lion. Torre cuite de Fratin.

51 — FRATIN. Renard pris au piège.

52 — Buste de jeune femme.

53 — Lot de cadres.

54 — ARONDE. Rue de l'Abreuvoir; Montmartre.

55 — DIAZ (École de). Enfants.

56 — GAUVIN. Dragon à cheval.

57 — INCONNU. Paysage.

58 — INCONNU. Griffon rapportant un canard.

59 — BOULANGER. Quatre dessins.

60 — ANDREZ. Jeune Femme tenant une
rose.

61 — ANDREZ. Jeune Femme.

62 — LAUNAY. Paysage.

63 — MAINCENT (G.). Bords de l'Oise.

64 — JACQUE (E.). Pouliche et son poulain.

65 — JACQUE (E.). Chevaux de ferme.

66 — JACQUIN. La Toilette du petit modèle.

67 — BLAIN. Bergère et sa vache.

68 — CAÏN (G.). Jeune Italienne.

69 — BOUDIN. Femme de Brest.

70 — NOTERMANN. Singes.

71 — NOTERMANN. Singes.

72 — ROSA BONHEUR. Brebis. Dessin.

73 — MAGNUS. Orientales.

74 — Nature morte : Poissons, de Eich-
pracht.

75 — Portrait de femme à sa toilette. École
française du XVIIIe siècle.

76 — Portrait de femme. Même école.

77 — Pastel : Fanchon la Vielleuse.

78 — Tableau religieux.

79 — Gouache. Ruines.

80 — Gouache. Genre de Baudoin.

81 — Portrait de jeune fille.

82 — Portrait religieux. École de Franck.

83 — ÉCOLE FLAMANDE. Peinture.

84 — Gouache sur vélin.

85 — ÉCOLE FRANÇAISE du XVIIIe siècle. L'Abondance.

86 — HUET (École de). La Petite Fermière.

87 — BOUCHER (École de). Décoration.

88 — BOUCHER (École de). Dessus de porte.

89 — DEMARNE (École de). Paysage.

90 — Portrait de jeune femme, d'après Largillière.

91 — Mlle POULET. Nature morte.

92 — Mlle POULET. Nature morte.

93 — VERNET (J.). Le Naufrage.

94 — Lot de gravures et de dessins.

95 — Lot de cadres.

96 — Toilette de l'époque Louis XVI en acajou.

97 — Table-bureau de l'époque Louis XIV, en noyer ciré.

98 — Table Louis XIII.

99 — Chaise à porteurs du temps de Louis XV, décorée de peintures et d'écussons avec armoiries.

100 — Bas de buffet en chêne sculpté.

101 — Groupe en bois du xvie siècle : sujet religieux.

102 — CHAMBARD. Belle statue en plâtre.

103 — Grande horloge Louis XVI, en bois sculpté.

104 — Douze belles chaises en chêne sculpté, et couvertes en cuir sur pieds en X et à griffes de lions.

105 — Grande table en chêne sculpté, dans
le goût de la Renaissance.

106 — Curieux meuble de salon ancien, de
la Nouvelle. Guinée, composé de dix-
huit pièces : une table ronde, trois ca-
napés, neuf chaises, un fauteuil et quatre
petites tables.

107 — Paire de sabliers en bronze doré,
Empire, formant lanterne.

108 — Petite lanterne potence, en bronze de
l'Empire.

109 — Petit brûle-parfums en bronze doré
de l'Empire.

110 — Lot de beau plaqué.

111 — Grand lustre en bronze doré à trente-
quatre lumières.

112 — Belle garniture en bronze doré, de
chez Monbro aîné, composée d'une pen-

dule et deux candélabres, dorée au mer-
cure, et composée dans le goût du XVIII°
siècle.

113 — Le Penseur, de Michel-Ange. Bronze.

114 — Deux coupes en bronze.

115 — Piano d'Érard, à queue.

116 — Deux tables de salon.

117 — Trois glaces de toilette.

118 — Chaise longue.

119 — Cinq fauteuils.

120 — Pouf.

121 — Écran.

122 — Table de salon en bois doré, de style
Louis XV.

123 — Table à trictrac.

124 — Trois tables à jeu.

125 — Canapé.

126 — Un fauteuil et deux chaises en tapis-
serie.

127 — Sous ce numéro, un lot d'objets
divers ne comportant pas de descrip-
tion.